獻給 Jeppe、Jasper & Nora

好忙好忙的
飛毛腿阿波

文‧圖 尤塔‧鮑爾　　譯 海狗房東

有一天，國王召喚我進城堡。他聽說我跑得非常快，命令我把一個重要的訊息送去給鄰國的國王。我得先越過山丘、沿著河流走，接著再一路向西邊前進。

我收下寫好訊息的卷軸，立刻就出發。

但是，越過第一座山丘之後，
我不得不停下腳步。

此時此刻
在城堡裡……

過了一段時間，等松鼠爸爸好多了，
我才繼續上路。

接ㄐㄧㄝ下ㄒㄧㄚˋ來ㄌㄞˊ幾ㄐㄧˇ天ㄊㄧㄢ，我ㄨㄛˇ沿ㄧㄢˊ著ㄓㄜˋ河ㄏㄜˊ流ㄌㄧㄡˊ往ㄨㄤˇ上ㄕㄤˋ游ㄧㄡˊ走ㄗㄡˇ，在ㄗㄞˋ河ㄏㄜˊ邊ㄅㄧㄢ遇ㄩˋ見ㄐㄧㄢˋ一ㄧˋ個ㄍㄜˋ非ㄈㄟ常ㄔㄤˊ傷ㄕㄤ心ㄒㄧㄣ的ㄉㄜˋ小ㄒㄧㄠˇ傢ㄐㄧㄚ伙ㄏㄨㄛˇ。

我看見水面上有個東西，就飛快的沿
著河流往下游跑；當我回來的時候，
那個小傢伙看起來非常開心。

天色漸漸暗了下來，這時，
我在草原上遇見筋疲力盡的豬媽媽。

她說她需要一點時間
去辦一些小事，問我
可不可以幫她照顧一
下小孩。

過了一個星期之後，
豬媽媽才回來。
看來會有一頓大餐。

不過，我得繼續上路，
只能向這些孩子們
說再見。

我從白天走到夜晚，再走到天亮，只想
好好趕路。在濃密又陰暗的森林裡，我
一點兒都不害怕。

隔天，我遇見一個年紀非常大的老山羊，
我讓他扶著我的手，然後陪他走一段路。

我們前進的速度十分緩慢。

所以以，我告訴他，接下來我得自己走，並且向他告別。

這天早上天氣晴朗， 我已經可以看見鄰國的城堡矗立在那座山上， 後天就能走到那裡， 我好高興。

但ㄉㄢˋ是ㄕˋ， 那ㄋㄚˋ天ㄊㄧㄢ傍ㄅㄤˋ晚ㄨㄢˇ， 我ㄨㄛˇ決ㄐㄩㄝˊ定ㄉㄧㄥˋ改ㄍㄞˇ走ㄗㄡˇ另ㄌㄧㄥˋ一ㄧ條ㄊㄧㄠˊ路ㄌㄨˋ。

另一條路簡直沒有盡頭，而且這天晚上暗得不得了，也冷得不得了。

我ㄨㄛˇ的ㄉㄜ˙天ㄊㄧㄢ啊ㄚ！

我ㄨㄛˇ越ㄩㄝˋ過ㄍㄨㄛˋ無ㄨˊ比ㄅㄧˇ寒ㄏㄢˊ冷ㄌㄥˇ的ㄉㄜ˙山ㄕㄢ峰ㄈㄥ， 走ㄗㄡˇ過ㄍㄨㄛˋ深ㄕㄣ深ㄕㄣ的ㄉㄜ˙山ㄕㄢ谷ㄍㄨˇ， 渡ㄉㄨˋ過ㄍㄨㄛˋ洶ㄒㄩㄥ湧ㄩㄥˇ的ㄉㄜ˙河ㄏㄜˊ流ㄌㄧㄡˊ， 到ㄉㄠˋ這ㄓㄜˋ座ㄗㄨㄛˋ山ㄕㄢ上ㄕㄤˋ的ㄉㄜ˙時ㄕˊ候ㄏㄡˋ， 我ㄨㄛˇ已ㄧˇ經ㄐㄧㄥ用ㄩㄥˋ盡ㄐㄧㄣˋ所ㄙㄨㄛˇ有ㄧㄡˇ的ㄉㄜ˙力ㄌㄧˋ氣ㄑㄧˋ。

幸ㄒㄧㄥˋ好ㄏㄠˇ有ㄧㄡˇ一ㄧˋ隻ㄓ土ㄊㄨˇ撥ㄅㄛ鼠ㄕㄨˇ經ㄐㄧㄥ過ㄍㄨㄛˋ我ㄨㄛˇ身ㄕㄣ邊ㄅㄧㄢ， 把ㄅㄚˇ我ㄨㄛˇ帶ㄉㄞˋ回ㄏㄨㄟˊ家ㄐㄧㄚ。

過了好長一段時間，我才重新恢復體力。
土撥鼠小姐艾瑪真的好可愛。

我ㄨㄛˇ又ㄧㄡˋ多ㄉㄨㄛ待ㄉㄞ了ㄌㄜ一ㄧˊ陣ㄓㄣˋ子ㄗ。

最後，我還是得繼續上路。快要到達
城堡之前，我休息了一會兒，吃了艾
瑪為我準備的麵包加蜂蜜。

然後，我敲了敲門。
鄰國的城堡看起來和我們的
城堡簡直一模一樣，只是
花園裡的花朵更大一些。

有人帶著我去見國王。 世界各地的城堡都鋪著同樣的地毯嗎？
我有點不安， 不知道這個國家的國王會不會親切的接見我？

我ㄨˇ 真ㄓㄣ 的ㄉㄜ˙ 好ㄏㄠˇ 驚ㄐㄧㄥ 訝ㄧㄚˋ，
因ㄧㄣ 為ㄨㄟˋ 我ㄨˇ 見ㄐㄧㄢˋ 到ㄉㄠˋ 的ㄉㄜ˙ 是ㄕˋ 自ㄗˋ 己ㄐㄧˇ 的ㄉㄜ˙ 國ㄍㄨㄛˊ 王ㄨㄤˊ！

還ㄏㄞˊ 好ㄏㄠˇ 他ㄊㄚ 沒ㄇㄟˊ 有ㄧㄡˇ 真ㄓㄣ 的ㄉㄜ˙ 生ㄕㄥ 氣ㄑㄧˋ，
畢ㄅㄧˋ 竟ㄐㄧㄥˋ 我ㄨˇ 沒ㄇㄟˊ 有ㄧㄡˇ 見ㄐㄧㄢˋ 到ㄉㄠˋ 鄰ㄌㄧㄣˊ 國ㄍㄨㄛˊ 的ㄉㄜ˙
國ㄍㄨㄛˊ 王ㄨㄤˊ， 反ㄈㄢˇ 而ㄦˊ 又ㄧㄡˋ 繞ㄖㄠˋ 回ㄏㄨㄟˊ 到ㄉㄠˋ 他ㄊㄚ
身ㄕㄣ 邊ㄅㄧㄢ。

他ㄊㄚ 希ㄒㄧ 望ㄨㄤˋ 我ㄨˇ 把ㄅㄚˇ 一ㄧ 切ㄑㄧㄝˋ
都ㄉㄡ 告ㄍㄠˋ 訴ㄙㄨˋ 他ㄊㄚ。

哎ㄞ 呀ㄧㄚ！

我用了一整個晚上述說我經歷的事。
國王對我一路上的遭遇感到驚奇。
我說個不停，而國王喝了很多酒。

天_{ㄊㄧㄢ}已_{ㄧˇ}經_{ㄐㄧㄥ}亮_{ㄌㄧㄤˋ}了_{ㄌㄜ˙}，國_{ㄍㄨㄛˊ}王_{ㄨㄤˊ}突_{ㄊㄨ}然_{ㄖㄢˊ}把_{ㄅㄚˇ}卷_{ㄐㄩㄢˋ}軸_{ㄓㄡˊ}丟_{ㄉㄧㄡ}進_{ㄐㄧㄣˋ}火_{ㄏㄨㄛˇ}裡_{ㄌㄧˇ}。

後ㄏㄡ來ㄌㄞˊ， 吃ㄔ 早ㄗㄠˇ餐ㄘㄢ 的ㄉㄜ 時ㄕˊ候ㄏㄡˋ， 國ㄍㄨㄛˊ王ㄨㄤˊ提ㄊㄧˊ議ㄧˋ要ㄧㄠˋ在ㄗㄞˋ城ㄔㄥˊ堡ㄅㄠˇ的ㄉㄜ 庭ㄊㄧㄥˊ園ㄩㄢˊ裡ㄌㄧˇ蓋ㄍㄞˋ一ㄧ 間ㄐㄧㄢ 小ㄒㄧㄠˇ房ㄈㄤˊ子ㄗˇ， 這ㄓㄜˋ樣ㄧㄤˋ的ㄉㄜ 話ㄏㄨㄚˋ， 如ㄖㄨˊ果ㄍㄨㄛˇ他ㄊㄚ 又ㄧㄡˋ有ㄧㄡˇ什ㄕˊ麼ㄇㄜ˙事ㄕˋ情ㄑㄧㄥˊ想ㄒㄧㄤˇ交ㄐㄧㄠ 代ㄉㄞˋ我ㄨㄛˇ去ㄑㄩˋ做ㄗㄨㄛˋ， 我ㄨㄛˇ就ㄐㄧㄡˋ在ㄗㄞˋ附ㄈㄨˋ近ㄐㄧㄣˋ。

他ㄊㄚ 下ㄒㄧㄚˋ令ㄌㄧㄥˋ讓ㄖㄤˋ人ㄖㄣˊ買ㄇㄞˇ了ㄌㄜ˙木ㄇㄨˋ材ㄘㄞˊ，
我ㄨㄛˇ們ㄇㄣ˙立ㄌㄧˋ刻ㄎㄜˋ就ㄐㄧㄡˋ開ㄎㄞ 始ㄕˇ蓋ㄍㄞˋ房ㄈㄤˊ子ㄗˇ。

完工以後，國王寄了一封通知給艾瑪，
准許她一起搬進來。

南瓜收成的時候， 所有的朋友都會來幫忙。

松鼠爸爸一家人也時常來拜訪。

作‧繪者｜尤塔‧鮑爾

1955 年出生於德國漢堡，畢業於漢堡設計學院，現居於漢堡。2010 年獲頒國際安徒生大獎最佳童書插畫家終身成就獎。與德國著名童書作家柯絲騰‧波耶（Kirsten Boie）合作出版極受歡迎的《七月男孩尤里》（Juli）系列（貝茲吉堡出版社 Beltz & Gelberg），也為多位著名童書作者繪製插畫。自寫自畫的《顏色女王大考驗》（Königin der Farben）被稱為「最美麗的德文書」。尤塔‧鮑爾全集更獲頒「德國青少年文學特別獎」。《大吼大叫的企鵝媽媽》獲得「德國青少年文學獎繪本大獎」。

譯者｜海狗房東

學術背景從外語到教育，職場經歷多在兒童產業，現為故事作者、繪本譯者、「故事休息站」Podcast 節目製作與主持人，著有《繪本教養地圖》與繪本《小石頭的歌》、《媽媽是一朵雲》、《發光的樹》、《他們的眼睛》等書，目前也開始創作台文幼兒繪本。

繪本 0315

好忙好忙的飛毛腿阿波

文‧圖｜尤塔‧鮑爾　　譯｜海狗房東

責任編輯｜陳毓書　特約編輯｜熊君君　美術設計｜王慧雯　行銷企劃｜張家綺、溫詩潔
天下雜誌群創辦人｜殷允芃　董事長兼執行長｜何琦瑜
兒童產品事業群
副總經理｜林彥傑　總編輯｜林欣靜　主編｜陳毓書　版權主任｜何晨瑋、黃微真

出版者｜親子天下股份有限公司　地址｜台北市 104 建國北路一段 96 號 4 樓
電話｜（02）2509-2800　傳真｜（02）2509-2462　網址｜www.parenting.com.tw
讀者服務專線｜（02）2662-0332　週一～週五：09:00~17:30
傳真｜（02）2662-6048　客服信箱｜parenting@cw.com.tw
法律顧問｜台英國際商務法律事務所‧羅明通律師
製版印刷｜中原造像股份有限公司
總經銷｜大和圖書有限公司　電話：（02）8990-2588

出版日期｜2023 年 2 月第一版第一次印行
定價｜350 元　書號｜BKKP0315P　ISBN｜978-626-305-391-5（精裝）

──────── 訂購服務 ────────
親子天下 Shopping｜shopping.parenting.com.tw
海外‧大量訂購｜parenting@cw.com.tw
書香花園｜台北市建國北路二段 6 巷 11 號　電話（02）2506-1635
劃撥帳號｜50331356　親子天下股份有限公司

立即購買 >

國家圖書館出版品預行編目（CIP）資料

好忙好忙的飛毛腿阿波／尤塔‧鮑爾 (Jutta Bauer)
文 圖；海狗房東 譯
－第一版－臺北市：親子天下股份有限公司，
2023.02
40面；29.1 X 21.34公分（繪本）
注音版
譯自：Jeppe unterwegs
ISBN：978-626-305-391-5（精裝）

875.599　　　　　　　　　　　111020246

阿波的路線

阿波在這裡睡著

老山羊

河

小松鼠一家的樹